너를 쓰다

내 마음의 소리로 채우는 라이팅 북

너를 쓰다

발행일	2018년 7월 25일

지은이   공 은 석
펴낸이   손 형 국
펴낸곳   (주)북랩
편집인   선일영   편집 권혁신, 오경진, 최승헌, 최예은, 김경무
디자인   이현수, 김민하, 한수희, 김윤주, 허지혜 제작 박기성, 황동현, 구성우, 정성배
마케팅   김회란, 박진관, 조하라
출판등록   2004. 12. 1(제2012-000051호)
주소   서울시 금천구 가산디지털 1로 168, 우림라이온스밸리 B동 B113, 114호
홈페이지   www.book.co.kr
전화번호   (02)2026-5777   팩스 (02)2026-5747

ISBN   979-11-6299-235-7 03810(종이책)   979-11-6299-236-4 05810(전자책)

이 도서의 국립중앙도서관 출판예정도서목록(CIP)은 서지정보유통지원시스템 홈페이지(http://seoji.nl.go.
kr)와 국가자료공동목록시스템(http://www.nl.go.kr/kolisnet)에서 이용하실 수 있습니다.
(CIP제어번호 : CIP2018022141)

(주)북랩 성공출판의 파트너
북랩 홈페이지와 패밀리 사이트에서 다양한 출판 솔루션을 만나 보세요!
홈페이지 book.co.kr • **블로그** blog.naver.com/essaybook • **원고모집** book@book.co.kr

너를 쓰다

내 마음의 소리로 채우는 라이팅 북

공은석 지음

북랩 book Lab

The only writing book for you

prologue

내가 쓰면서 자유로웠던 것처럼
너도 자유롭게 쓰기를

이제, 고결한 마음으로
쓰고 잊고 용서하길

실컷 눈물을 닦아도
먹먹할 때는

나와 눈 맞추고
손 마주잡고 걷자

이상하리만큼 그 잠깐 사이에는
널 위로해줄 수 있을 것 같거든

쓰고 싶은 마음이 들었을 때
쓰고 싶은 사람이 생겼을 때
쓰고 싶은 백지를 발견했을 때

마음 가는 대로
다리를 쭉 뻗고
또박또박

우리의 상처를 회복해

The only writing book for you

길거리에서 만난
상냥한 남자는 내 마음을 털어놓으라고 말했다
그냥 그것뿐이라고

눈만 쳐다볼 뿐,
오랫동안 내 앞에 가만히 서 있는
상냥한 남자

이 순간
더욱 눈을 깜빡여야겠다

친구에게 인정받지 못하면 아무리
좋아 보이는 사람이라도 성공할 수 없어

항상 단정하고 자연스럽게 옆에 있는 사람을 챙겨

같이 인생의 목표를 세우고
여행도 함께 가 보는 것이 좋을 것 같아

필요하지 않은 것을 값이 싸다는
이유로 구입하는 일이 없어야 해

그건 절약도 아니야
쓸데없는 낭비야

그리고 자존심을 세우기 위해서 비싼 물건을 사지 마

잠깐 시선을 받을 수는 있어도 빛날 수는 없어

그런 표정은 좋지 않은 것 같아
오늘은 이미 조용해졌으니까

지금부터 행복하면 돼

편한 옷으로 갈아입고
맛있는 음식이나 먹자

오늘 힘들었던,
나 화이팅

돈은 가장 부질없고 무가치한 거야

그런데 누군가에게 나눠 주면
그 기록은 남아
명심해

The only writing book for you

술을 항상 조심할 것

술 먹어서 생기는 실수들은
얼굴에서도 나오고
입에서도 나오고
밑에서도 나오니까

실수하면 끝장이라 생각하고
아예 딱 끊고 마시지 말자

어떤 사람들은 그의 웃음소리가 시끄럽다고 하고
어떤 사람들은 그의 머리가 크다고 흉봅니다

어떤 사람들은 그의 말과 이야기가 너무 막연해
도저히 감을 잡을 수 없다고 불평합니다

그의 유머로
주변의 웃음소리는 점점 커지는데도 말이죠

수많은 사람들이 카페에서 주로 하는 일은
비싼 커피를 마시며
남들이 올려놓은 사진들을 관찰하는 것이다

그렇게 밀폐된 공간에서
서로의 세계를 조그마한 창으로 비교하느라
정작 앞 사람의 세계를 보지 못한다

왜 그렇게 상처받은 아이처럼 있어요?

아주 오래전에 했던 방식이지만

우리가 지금 낮잠을 자면

기운이 회복될지도 몰라요

열심히 일한 우리에게 달콤함을 선물해 줄 거예요

같이 한숨 자요

그런 공상에 빠진 당신 같은
바보들은 이 사회에서 살아남을 수가 없어요

누가 그 곁에서 마음 편히 살겠어요?

그러니까 제 생각에는 그 여자가 떠나가도
서운할 것이 없어요

아직 당신 같은 정직한 사람들이 살기에는
이 세상이 좋은 곳이 아니에요

The only writing book for you

숨 막히고 답답한 공간에서 살고 싶지가 않다
시간의 흐름이 느린 곳에서 나만의 신념으로 살고 싶다

강한 결속력으로 집단에 오래 있다 보면
우리도 모르게 생각하는 것을 멈춰 버릴 때가 있다

이렇게 좁은 공간에 모여 산다면 정신적으로 고통받아
생각보다 빨리 죽을 수 있다는 생각은 과한 생각일까?

지금 우리의 삶은 새로워질 필요가 있다

The only writing book for you

볼이 빵빵한 그 아이의 울음은 너무나 매혹적이었지만
처음에는 부탁으로 다가온 울음이,
곧 명령으로 바뀌어 버리는 탓에
나도 모르게 당황해 버렸다

그제야 나는 아이의 몸짓이나 울음 속 숨겨진 의도를
귀신같이 찾아내는 어머니들이 대단하다고 생각했다

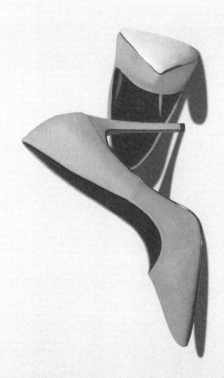

심신이 지쳐버린 탓에 걸린 나의 병을
의사 선생님이 고쳐줄 수 있을지 의문이다

지금 내가 걸린 치명적인 병은

소심함, 비겁함, 그리고 쉽게 믿는 것이다

온화한 감정과 자상한 마음

미소 띤 눈

세련된 말장난

귀여움

짙은 머리 색

지금 퇴근길을 걷고 있는 동안에도
너의 모습이 하나씩 떠오른다

상사는 막연하고 공허한 위로가 아니라
무너지지 않는 신뢰를 줘야 합니다

그래야만 조직은 성숙하고
각자의 능력을 완전하고, 조화롭게
발전시킬 수 있다고 하네요

사원이라면
앞에 놓인 사과를 어떻게 먹을까 고민하면 됩니다

상사는
사과를 왜 먹어야 하는지 설명해 줘야만 합니다

다른 사람들이,
혹은 주변 환경이 정해주는 대로
살아간다면
나에게는 어떤 특별함이 남아 있을까?

어떻게 나만의 사고를 잃어버리지 않고
나의 아름다운 밤을 맞이할 수 있을까?

내가 너를 사랑하는지는 아무도 몰라

그림을 그리다가
한 번 너의 눈빛을
한 번 너의 얼굴을 떠올려도
가슴속에 아픔이 모두 사라져 버리는 것 같아

그래서 말인데,
이제는 너에게만 알려 주고 싶어

그 자취방에서의 겨울을 나는 무어라 설명하기 어려운
내면의 고독 속에서 보냈다

비관적인 생각에는 익숙해진 듯,
누구도 나를 짓누르지 못했다

다른 사람이 보기에 모습은
좌초되는 여객선 같았다고 하는데,
나는 그 여객선 안에서도 부족함 없었다

행복으로 가는 길은 없단다
행복이 곧 길이란다

나는 새로운 방법으로 너를 신뢰하기로 결심했다
쨍쨍한 일요일, 너의 팔을 잡고 한참을 걸었는데,
걷는 동안은 너를 온전히 이해할 수 있었다

우리는 말없이 한참 동안을 걷다가
고즈넉한 카페 앞에서 헤어졌다

내가 집으로 돌아왔을 때는
이미 너의 사진들은
내 공간에서 사라진 뒤였다

The only writing road for you

그 달콤한 음성이 들리자 나는 내 몸을
다시 움직일 수 있게 되었다

잠시 후 나는 친구들의 부축을
받아 일어날 수 있었는데,

나를 비췄던 그 강렬한 빛으로 인해
여전히 앞을 볼 수 없었다

나의 계획은 완벽했었다
다만 계속해서 변수가 생겼을 뿐이다

무언가 계속 돈 쓸 일이 생겼고
생각보다 빨리 주식의 주가가
떨어지고 있었다

일주일의 시간은 고뇌의 전쟁터였다

자신감이 줄었고
지나가는 택시를 보며
정처 없이 버스를 기다리는 일이 전부였다

당신은 지금까지 잘 달려왔습니다
그런데 오늘 누군가 당신을 막아 힘들게 하나요?
당신이 어떤 사람인지 상관없어요

지금 당장
여러분의 앞길을 막는 장애물을
부숴 버리는 것이 좋겠습니다

현재 우리 과장님이 겪고 있는 위기를 생각하면
결혼하지 않은 사람은
현재대로 지내는 것이 더 좋다고 생각합니다

나는 여러분을 아껴서 이런 말을 하는 것입니다

The only writing book for you

삐뚤어진 사람은 입에서 불이 나와서 다투기 좋아하고
친구도 없고, 있어도 함께 돈놀이만을 한답니다

이런 대화 주제로 이야기하는 것이 익숙하지 않지만

말을 하고 보니 제 이야기네요

며칠이고 떠들 수 있겠습니다

The only writing book for you

그는 달라진 자신의 얼굴을 찬찬히 살펴보다가
얼마나 시간이 지나면 그녀의 얼굴을 몰라볼까?
라는 생각이 들었다

코는 날카롭고, 눈빛은 사랑스러운,
입술이 도톰한 무언가가
커다란 거울을 스쳐 지나갔다

평범한 것보다는 품위 있는 화려함이 훨씬 낫지

몸에 잘 맞는 옷을 입어야 하고
옷을 결정했다면 자신감을 가져야 해

선택한 옷을 의심하는 순간
동작이 부자연스러워져서
그렇게 어색할 수가 없거든

오늘이야말로
조잡한 인상을 주는 것만큼 민폐인 것은 없어

지금 밖에는 추적추적 비가 내리고
바람이 강하게 몰아치고 있는데

나는 안전한 유리창 안에서
너와 함께한 생동감 넘치는 고요한 밤을
상상하는 것 말고는 할 것이 없네

그래,
그렇게 과거만 남아 버린 거야

우리는 과거의 경험과 상상력에 의해서만
아름답거나 추하다고 말할 수 있다

그러니까
화내지 말고 이해하자

월급쟁이의 월급은 항상
생계의 필요한 만큼만 맞춰져 있어서
어디든 내가 일한 것보다 혹은
내 생활에 필요한 것보다
항상 더 많이 오르지 않는다

슬프다

The only writing book for you

사람의 인격이 나락으로 떨어지는 순간은 어떤 때일까?
돈으로 권력을 독점할 수 있다고 생각한 순간부터?
아니면 나의 일이, 모두의 일이 된 순간부터일까?

특유의 미소였다
그녀는 나를 돌아보고 크게 심호흡한 뒤 미소 지었다
만약 결혼을 하자고 한다면
포근하게 받아들일 것이라는 예감이 들었다

다시 그녀와 눈을 맞추었다
숨이 막히고 뭔가 부끄러워졌지만
곧 생글생글 웃으며 그녀에게 다가갔다

지금 내 옆에 친구로 앉아 있는 당신도

사랑의 고통이 그리 쉽게 낫지 않음을 이해해주기를

아직도 그대의 싹이
나에게서 움트고 있음을 알아주기를

도대체 왜 꼭 겸손해야만 하는 걸까?
미덕을 구체화할 수 있을까?
왜 중년 남자들은 산에 미치는 걸까?
엄마는 왜 드라마를 보면서 같이 화내는 걸까?

너는 어찌 그리 오밀조밀 예쁜 걸까?

창의적인 행동을 하는 사람에 대해
칭찬하지 않는 사람들은 없어

그렇지만 마음속으로는
창의성이 없어도 잘살 수 있다고 생각하지

솔직히 모든 사람이 이중적이야
창의성은 좋다고 하면서 너무나 무관심하고
시간이 흐르면 오히려 염증을 느끼거든

공동 관심사를 찾는 것에 익숙해지는 것

한마디로 윗사람의 생각을 위해 행동하고
그것을 한데 묶을 수 있도록
자신의 행동을 습관적으로 제약하는 것

이런 능력을 배양하지 않으면
회사에서 밉보이기 일쑤다

아스팔트가 녹아내릴 것 같은 뜨거운 날
거리는 발을 태울 듯 아지랑이가 피어올랐고
출근길의 지하철은 지독한 악취로 숨이 멎을 듯했다

그런 일상이 지겨워서
나는 어느 날 결근을 해버렸다
잠들기 위해 생각을 멈춘다는 건 언제나 쉬운 일이었다

누군가에게 하는 조언은 신중해야 해

왜냐하면 충분히 열정을 다할 일도 무산시킬 수 있거든

중요한 건
친밀하든, 친밀하지 않든
끝까지 침묵으로 일관하는 것이
최고의 응원이야

자신도 부족하지만
남에게 나눔을 실천하는 사람들을 보면,
가난이라는 상황 자체가
그들의 인성을 완성시켰다는 인상을 받는다

조금 거칠지도 모르지만
그들 옆에서 생명의 활력과 충만함을 느끼다 보면
인생 자체가 감동으로 다가올 때가 있다

남아도는 시간을 어떻게 보내야 할지 몰라
몸을 건강하게 만드는 것을 최우선으로 생각하는
사람들에게 영원한 생명이 주어진다면
역설적이게도 가장 비참한 존재가 되지 않았을까?

예의 바르고 친근한 성격을 가진 너는
품위 넘치고 즐겁게 담소 나누기를 좋아한다

어린이의 장난도 점잖게 감싸 주는 너는
모든 것에 배려를 아끼지 않는다

그래서 너는
지금 막 첫사랑을 시작하는
소녀들보다 훨씬 아름다워 보인다

사람을 볼 때는 언제나 전체적으로 살펴야 해
어느 한 면만을 하나로 추려서 보면 안 돼

사람이 완전한 순간은
공동체의 한 부분으로서
자리를 잡는 순간이야

너는 이제 부인할 수가 없을 거야

너는 우리 공동체 안에서
무수히 많은 일들을 일으켰고, 일으킬 수 있어

이제 이 사실을 알았으니
너도 누군가의 한 부분으로 아름다운 존재야

우리가 사랑하는 순간에는
모든 것이 멈추고 공간마저 사라진다
한없이 아름다우면서도 동시에 뜨거운 숨결

지금 불은 꺼져 있는데도

너만큼은 환하게 빛나 눈이 부신다

아침의 공복이 다가올 때
나의 몸들이 진리를 가지고 있다는 것에 대해
의심의 여지가 없음을 느낀다

배고픔을 느끼면
성격이 예민해지고 있다고 명확하게 알려준다

이것을 보면 몸속에 진리가 있다는 것을
의심해서는 안 될 것 같다

몸을 누이지만 차가운 감촉에 다시 몸을 일으켰다

방 안은 냉기로 가득한데,
친구는 이미 아침에 무엇을 먹을지
고민하고 주절거린다

이때 전화가 걸려왔지만
모든 상황이 짜증나서
괜스레 전화받기가 불편해졌다

서로를 위로하면서도 경멸하고
서로를 아껴 주면서도 혐오하는
향기와 비린내가 공존하는 그런 자리

술자리

당신은 아름답지만 공허해 보이네요
누가 당신을 위해서 꽃을 선물하지는 않으니까
괜찮다면, 내가 직접 물을 준 꽃을 선물하고 싶어요

아침이 되어 전날 밤의 숙취가
사라지고 잠에서 깨어 이성을 되찾자,
내가 저지른 실수가 한편으로 두렵고
또 한편으로는 후회되기도 했다

하지만 미약한 일시적인 감정일 뿐
한편으로는 태연했다
나는 여전히 술에 빠져 세월을 보냈고,

얼마 가지 않아 이 감정의 기억을
또 술로 인해 모두 잊었다

The only writing book for you

아버지께서는

저급한 마음을 버리고, 모든 이를 사랑하는 마음으로
충분히 그녀를 이해할 수 있다고 생각하고

그녀도 나를 사랑할 수 있음을 믿을 때
순수한 사랑의 결실이 찾아온다고 말씀하시곤 했다

서른이 되어 보니
슬퍼하는 사람들과 함께 슬퍼하는 것이 어색해졌다
매일 일을 하고 지시를 받아들이기만 하는
기계가 된 것 같았다

그래도 감수성이 하나씩 무너지는
그 느낌이 낯설지는 않았는데,
마치 결코 돌아갈 수 없는 벽을
넘어 버렸다는 생각이 들었다

109

The only writing book for you

대화는 사람이 인생을 살면서 꾸준히 해야 하는 것이다
나는 따뜻하게 입고, 먹는 것에만 집중하면서
편안히 즐기려고만 했는데,

생각해 보니
짐승하고 다를 바가 없었다

III —— *The only writing book for you*

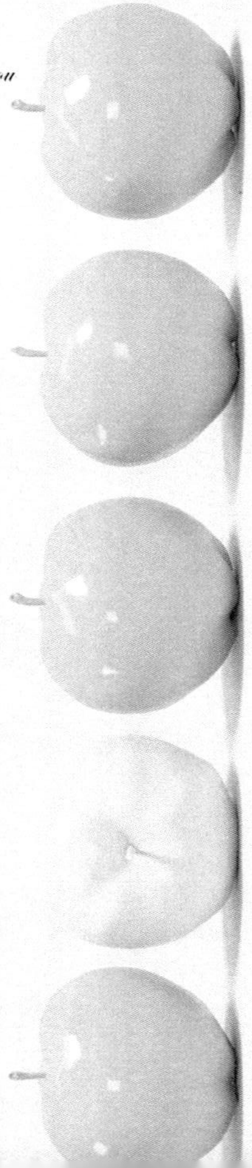

그녀는 카페 안을 볼 수 있는 빨간 벤치에 앉아 있었다
전날 밤에 내가 책을 보면서 담배를 태우던 자리였다

이 낯선 여자가 나에게 말을 걸 것이라고
순간 직감했다

그녀는 나를 불러 옆자리에 앉으라고 말하면서도
전날 밤에 대한 아무 말이 없었다

얼마 후 나는 그녀를 홍제역까지 배웅해 주었고
그녀는 커피 쿠폰을 내밀었다

그 뒤에는 그녀의 전화번호가 적혀 있었다

한 친구는 오늘 뜻대로 되지 않은 일이 있으면
짜증만 내면서도

다음날 조금만 자기 뜻대로 되면 웃음이 멈추질 않는다

세상도 내 손에 있다는 듯 우습게 여겨야 한다고
떠벌리고 다니던 것과는 사뭇 다른 모습이다

여의도에 퍼진 아름다운
봄 향기 못 맡는 건
이유도 모른 채 쫓기는
우리들뿐인 듯

옆에서는 가냘픈 숨소리가 들리고 있지만
일어나 출근을 하는 너

불편한 몸으로
불편한 길을 가야
불편한 삶을 이어 갈 수 있는 너

벅찬 숨을 돌려도
새로운 생각을 이어 붙여도
가족 생각밖에 못 하는 너

나는 정말 다른 사람들이 말하는 그런 존재인가?

불안하고 뭔가를 갈망하며 병들어가는
색채와 꽃들과 친근감에 굶주린,
위대한 일들을 간절히 고대하는
무기력하게 모든 것들과 이별할 준비를 마친
그런 사람인가?

무관심한 것이
이것이 자신을 지키는 최선의 방법이라고 말하고 있지만
내가 볼 때 이것은 절반밖에 해당이 안 된다

나머지 절반은
말하지 않고 믿지 않는 것이다

지금 이 말도 믿지 않는다면
완벽하다

버거운 삶을 지탱해 주는
마법의 주문

그려

기업을 운영하는 사람들의 생각은
자신들이 경영하는 회사의 자본 가치를
최대한 유리한 방향으로 벌려 놓아
자신의 이익을 극대화하는 것으로 보인다

결국 똑같은 사람이다

나는 햇빛과 그늘이 얼룩진 건물로 천천히 걸어갔다
건물 주변에는 잘 다듬어진 꽃들로
장식되어 있었고
사람들은 그곳에서 정보를 나누고 있었다

공기는 차갑고
가슴은 긴장의 뜨거움으로 터져 버릴 듯했다

북적거리는 인파 속에서 엘리베이터를 찾은 후에
다시 입사지원서를 꺼내 보았다

The only writing book for you

그곳에는
온갖 섬세하고 상처받기 쉬운 사람들,
새로운 종교를 만든 사람들
자신이 인간이 아닌 다른 무엇이라 믿는 사람들
그 밖에 그냥 정신이 온전하지 못한 사람들이 있었다

그곳에서 나는 비밀스러운 꿈이 있다는 것 말고는
그 사람들과 어떤 정신적인 공통점도 없었다
하지만 시간이 지나자
정신이 팔려 나도 영혼을 잃어버리기 시작했다

어른이 되어가는 과정

이익을 위해 남을 누를 것
변화가 힘들다면 회피할 것
성취하지 못하겠다고 판단했다면 빠르게 포기할 것
사소한 관심을 끊을 것
남들에게 나의 사고를 주입시킬 것

너는 지금도 출퇴근 기록을 입력당하는 시스템 안에서
가정과 일을 분리하는 삶을 강요받고 있을지도 모른다

불쌍하게도

지금 혼자 할 수 없다고 좌절하지 마

비록 지금 혼자서 못 한다 해도
많은 사람들을 통해서
다양한 일을 할 수 있는 가능성은 무궁무진하니까!

내가 진정으로 사랑하는 것을
찾거나 발견한 것처럼 기쁜 일이 또 있을까요?

꽤 오랫동안 오늘 일이 기억날 것 같네요
어쩌면 당신의 편지 내용도 함께요

비 내리는 오후였다
우리는 음악이 흘러나오는 카페 앞에서 만났을 때보다
서먹하지 않게 대화를 나누면서
서로의 빈 퍼즐을 메울 수 있었다

우리는 커피 향이 진하게 나는 머그잔을 들고
세련된 의자에 앉아 몇 시간 동안을 얘기하면서도
누가 옆에 지나갈 때면
괜스레 쑥스러워져서 서로가 말을 더듬기까지 했다

성실한 회사원을 원하는 회사는
개인적인 생각으로 바라보고
분석하는 것을 권장하지 않는다

대다수의 회사원들은 똑같은 옷을 갖춰 입고
예측 가능한 방식으로 행동해야 하는 시스템 위에서
열심히 일을 하게 된다

그래야만 회사 안에서 효율적으로 승진하고
월급을 극대화할 수 있기 때문이라고
아직도 굳게 믿고 있기 때문이다

나도 그렇게 생각하게 되었다

큰 병에 걸려 오랫동안 고통받던 사람이
비록 튼튼한 육체를 가지지는 못했을지라도

그 병을 조금씩 물리치고 회복할 기미가 보인다면
전에 건강한 시절에 느꼈던 기쁨보다
더 큰 기쁨을 가질 수 있다는 것을 알았습니다

그녀는 새롭게 변화된 삶에 대한 희망에 불타
다시 그『성경』이라는 책을 읽고 또 읽었다
마치 의도적으로 변화를
가져오려고 노력하는 것처럼 보였다

다시 그녀를 만났을 때는 얼굴도 변해 있었는데
욕망에 대한 모든 생각을 위에서 내려다보듯
당당함이 샘솟았다

그녀는 이제부터 자기의 인생을 보다 높고
나은 것을 위하여 헌신하기로 결정했다고 털어놓았다

사나운 폭풍이 일어 배를 뒤집을 듯 위협하고
파선의 위험을 보여줄 때
모든 사람이 공포로 인하여 떨고 있을 때

그 공포 속에서도 환하게 웃을 수 있는
모험정신 있는 몇몇 사람들이
모든 것을 이끌어가게 된다

결국에는 어떤 일이든지 앞에 나가야지만
어떤 것이든 쟁취할 수 있다

The only writing book for you

지금 이 세상에는 아주 다양한 사람들이 살고 있지만
결국은 두 가지 종류의 사람이 있다고 해요

하나는 배려심이 있는 사람들이고
다른 하나는 배려심 없이 자신만 알고 있는 사람들

배려 없이 사는 사람은
무슨 일이든지 자기 위주로 처리하는 것에 익숙하고
스스로 문제를 해결하려고만 해요
그래서 스스로 노력은 열성적으로 하지만
그 과정에서 주변 사람들이
슬픔과 괴로움, 실망과 좌절을 느낄 수 있어요

하지만 남을 배려할 줄 아는 사람은
자신이 수고와 고통을 겪을지언정
주변 사람들의 신뢰를 얻을 수 있다는 것을
알아주셨으면 해요

나는 왜 헛된 희망들을 포기하지 못하고
하루하루 고통 속에서
지내야만 하는가를 생각해 보았습니다
삶은 불확실한 것의 연속이라고 느꼈기 때문에
더욱 골몰했습니다

그동안 가까운 주변 사람들은
나에게 올바른 길을 권했지만
내 양심은 점차 거칠고, 반항하며
어떤 약속도 하지 않았습니다

결국에는 내 젊음 한 조각을 스스로
결박하여 최후의 발악을 하기로 결심했습니다

지금 생각해 보면
거리에서 착한 사람을 만날 때나,
여유롭게 책을 읽을 때,
스트레스로 두통이 심해질 때,
친구가 사랑에 실패했다는 소식을 들을 때,
나 자신의 죽음에 관해 생각할 때,

특히 너의 결혼 소식을 생각할 때,
심하게 고통스러워 견딜 수가 없어

저는 왜 조금 더 어렸을 때,
대범한 마음을 갖지 못했을까요?

제 생각으로는, 조금이나마 세상을 몰랐을 때,
한 번 싸움을 벌여 보고, 정 대책이 없으면 그때
항복해도 되었을 텐데요

청년의 눈에 비친
매우 훌륭한 목사의 자격이라고 하면

더 많은 보수를 받기 위해 열심히 공부하고
설교도 더욱 열렬하게 준비해
신자들의 취향을 사로잡는 것

혹은
교회를 크게 짓는 것

혹은
헌금 금액을 상향해 낼 수 있도록 장려하는 것

그래서 훌륭한 목사님들은 항상 바쁘신 듯

다른 사람들의 곤경에 처한 이야기를 들을 때,
나라면 더 잘할 수 있었을 것이라고
으스대지 말아야겠다

그리고 내가 저 사람보다는
인간미가 있다는 생각에
스스로 흐뭇해하지도 말아야겠다

꼭 그렇게 생각할 때마다
더 큰 어려움이 나를 희롱하더라

혼자 지루한 말을 늘어놓는 사람은
가장 말수가 적은 사람이나
자기 옆에 앉게 된 사람을 붙잡고
쉬지 않고 말을 잇는다

나는 이런 태도가 가장 몰지각한 행동이라고 생각한다

나는 지금까지 무엇이든 너에게 숨기지 않고 말해 왔다
앞으로 그것이 나의 결점이라도 숨기지 않을 작정이다

계속 그대로인 나를 보여주고 싶다
네가 너무나 큰 안정감을 준 덕분이라고 생각한다

너무나 소중하고 곁에 있다는 것이 정말 즐겁다

배울 만한 가치가 있는 것에는
크고 작은 난관이 있기 마련이야
그러니 조금 어렵다고, 귀찮다고
금방 체념하고 포기해 버리지 마

보통 사람은 쉽게 얻어지는
표면적 지식을 얻는 데 그치지만,
너는 특별하니까

노력하지 않고 포기해 버리는 태도를 버리고
네가 가지고 싶은 것을 쟁취하도록 해

진심으로 따뜻하게 말해주는 사람은 소수다
대다수의 사람들은
조용하고 착하게 지내는 사람들을 향해
온갖 거짓말로 현혹하고
그들의 것을 빼앗는다

그러면서 꼴이 좋다며 웃음까지 흘린다

재미있는 것은 그들조차도 다른 사람들에게
착취당하는 것을 모른다는 것이다

지친 몸을 이끌고 집에 오니,
허리의 심한 통증으로 온몸이 욱신거립니다
온몸이 떨리고
가슴이 뛰고
힘도 빠지고
눈은 부어 버렸습니다

이제 그만 쉬고 싶은 생각이 간절하지만
나를 쳐다보는 가족을 위해
이런 생각을 말할 수는 없습니다

만일, 전달하고자 하는 말을 아무런 미사여구 없이
정직하고 논리 정연하게 이야기하는 것만으로
충분하다고 생각하고 있다면

너는 정말 바보다

정말 중요한 것은 아름다운 말로 매료시키는 것이다
세상일이란 그런 것이다

지금 일을 하고
누군가를 사랑하고
모든 것에 희망을 가지고

그리고
천천히 걸을 거야
너와 함께

애당초 한 가지 색깔만 가진 사람은 있을 수 없다
다른 색깔이 뒤섞여 있거나
희미한 빛이 들어가 있게 마련이다

상황에 따라 여러 가지 색깔로 변하는 것이 사람이다

사람에게 호감을 얻어 내는 말
알겠어

사람에게 바보로 무시당하는 말
알겠어

이제 '알겠어'는 금지

점차 잠자는 시간이 줄었다

여전히 오늘도 허공에 그녀가 나타났다

피곤한 상태였지만 나의 마음은 포근해서

그녀에게 말을 붙일 수도 있다고 생각했다

그저 그녀가 실재한다고 믿으면 가능할 것 같았다

나는 여유롭게 그녀를 불러 보았고,

그녀는 바보 같은 나의 얼굴을 보고

환하게 웃어 주었다

The only writing book for you

과거로 돌아간다면 그녀의 비밀을 알아챌 수 있을까?
거침없는 상상력이 나를 자극했다

지난밤의 일들을 떠올리기 위해서
그 민낯의 밤을 다시 보기 위해서

술병 속에서 찰랑거리는 남은 술을 단숨에 들이켰다

너는 아름답고, 우아하고, 여린 감정을 가지고 있지
예쁜 것을 좋아하고 꾸미는 것에도
천부적인 재능이 있어

모든 사람에게 부드럽고 순수하게 대하고
내가 해 주는 재미있는 이야기를 좋아하고
사소한 일에도 즐거워하지

바보 같은 나를 세련되게 만들어 주는
널 나는 정말 사랑해

아무 대답이 없는 너의 뒷모습에서
물씬 외로움이 느껴졌다

그래서 나는 입을 다물었다
우리 사이에는 무거운 공기가 흘렀고
서로 아무 말이 없었다

대신 그녀는
천연덕스러운 사람이라고 쓴 종이를 나에게 건넸다

나도 모르게 안심하고 피식, 웃음이 났다

오늘 해야 하는 것은

생각하는 것
긍정하는 것
부정하는 것
바라는 것
상상하는 것

그리고
각별히 노력하는 것

The only writing book for you

기차역에서 그대로 되돌아오려던 그녀는
풀 냄새가 물씬 나는 그리운 거리의 모습을 보자
그만 자기도 모르게 역을 나오고 말았다

상쾌한 공기와 맑은 날씨가 포근하게 느껴지자,
그녀는 역시 잘 왔구나 하는 생각이 들었다

여자의 시선은
바람이 가볍게 나부끼는 곳을 따라 빛났고
그곳에는 깔끔한 정장을 몸에 꼭 맞게 입은 그가
미소 짓고 있었다

끊임없는 생동감을 사랑하지만
느림보 같은 이름을 가진 그녀는
언제나 나에게 한밤의 꽃을 선물해 주고
내가 주저할 때 영원한 생명의 미소를 지어 주는
순수하고 깊숙한 가냘픈 선율

지금 나의 열매가 그녀를 통해 솟아나고 있다

너를 가끔 보면 항상 웃고 있더라

이미 모든 것을 알고 있기라도 한 듯
바다같이 신비하게

저는 사람들로부터 몹시 조롱을 받았습니다
어떤 분들은 저를 비웃기까지 해서
더욱 직장 구하기가 너무나 힘들었어요

사람들은 왜 가만히 있는 저를
멸시하고 괴롭히는 걸까요?

그 생각이 옳습니다
당신도 그들과 같은 생각을 하고 있으니,
더 이상 언급할 필요가 없습니다

사랑은 판단하지 않는대
주기만 할 뿐이래
그래서 겁쟁이들은 사랑을 드러낼 수 없어
사랑은 용기가 있어야 만질 수 있지

인생도 마찬가지야
사랑하는 것이 인생이거든

쓸쓸히 웃었다
고양이를 자기가 데려왔다는 소문이 있었다는 것은
그녀 자신은 처음 듣는 소리였다

앞에서 하품하는 못생긴 고양이를 보며
언젠가 친구에게 인생이 따분하다는
소리를 했다는 것을 기억해 냈다

스트레스로 두통약을 달고 살던,
전 직장 노처녀 직장 상사가 보고 싶은 날이었다
언제나 싸울 듯이 날카로운 표정이 포인트였던

앞에 가만히 있던 고양이가 그녀에게 시선을 보내더니,
다시 한 번 늘어지게 하품을 해 댔다
심각한 상황이었지만 웃음이 나와 버렸다

우리 이제 사회인으로 첫발을 내딛었는데,
성공한 사회인은 전부 다 빠르면서도 예쁘더라고

언젠가 너에게 말한 적이 있다고 생각하는데,
다시 한 번 말해 줄게

너는 충분히 빠르고 누구보다 예뻐

그러니까
언젠가는 꼭 성공할 거야

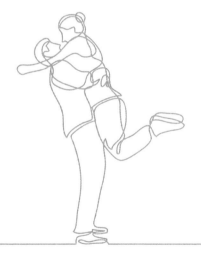

너에게 하고 싶은 말

고생했어
사랑해
고마워